幼兒全語文階梯故事系列

袋鼠媽媽的袋子

袁妙霞 著
野人 繪

雞媽媽從果園裏帶回一籃果子。

路上，她看見山羊伯伯的拐杖斷了。

雞媽媽說：「你用我的雨傘吧！」
山羊伯伯說：「謝謝你！」

路上，她看見小鴨子的身子濕了。

雞媽媽說：「你用我的毛巾吧！」
小鴨子說：「謝謝你！」

糟了，雞媽媽的籃子破了，
果子倒了一地。

袋鼠媽媽說：「你用我的袋子吧！」
雞媽媽說：「謝謝你！」

導讀活動

進行方法：

❶ 讀故事前，請伴讀者把故事先看一遍。
❷ 引導孩子觀察圖畫，透過提問和孩子本身的生活經驗，幫助孩子猜測故事的發展和結局。
❸ 利用重複句式的特點，引導孩子閱讀故事及猜測情節。如有需要，伴讀者可以給予協助。
❹ 最後，請孩子把故事從頭到尾讀一遍。

1. 袋鼠媽媽的袋子有什麼用？
2. 請把書名讀一遍。

1. 雞媽媽從什麼地方出來？她帶着什麼東西？
2. 天空有下雨嗎？為什麼雞媽媽要撐着雨傘呢？

1. 路上，雞媽媽遇見誰呢？
2. 山羊伯伯遇到什麼麻煩事了？

1. 雞媽媽怎樣幫助山羊伯伯？
2. 你猜山羊伯伯會跟雞媽媽說什麼？

1. 路上，雞媽媽又遇見誰呢？
2. 你猜小鴨子為什麼會全身濕透呢？

1. 雞媽媽怎樣幫助小鴨子？
2. 你猜小鴨子會跟雞媽媽說什麼？

1. 雞媽媽走着走着，她遇到什麼麻煩了？
2. 誰剛好經過這裏？你猜她會怎樣幫助雞媽媽呢？

1. 你猜對了嗎？
2. 袋鼠媽媽的袋子本來用來盛載什麼的？
3. 你猜雞媽媽會跟袋鼠媽媽說什麼？

說多一點點

支持環保

故事中，雞媽媽帶着籃子去盛果子。我們出門購物，也應自備購物袋，支持環保。日常生活中，我們還可以做什麼來支持環保呢？

自備手帕，少用紙巾。

自備水壺，少買包裝飲料。

每張紙寫滿兩面才丟棄。

把廢紙、金屬、塑膠垃圾放入回收箱。

字卡

玩法

❶ 把字卡全部排列出來，伴讀者讀出字詞，請孩子選出相應的字卡。
❷ 請孩子自行選出多張字卡，讀出字詞並口頭造句。

請沿虛線剪出字卡。

袋鼠	籃子	拐杖
斷	雨傘	謝謝
鴨子	濕	毛巾
糟了	破	倒了一地

幼兒全語文階梯故事系列
第 4 級（高階篇）

《袋鼠媽媽的袋子》

幼兒全語文階梯故事系列
第 4 級（高階篇）

《袋鼠媽媽的袋子》

©園丁文化

幼兒全語文階梯故事系列
第 4 級（高階篇）

《袋鼠媽媽的袋子》

©園丁文化

幼兒全語文階梯故事系列
第 4 級（高階篇）

《袋鼠媽媽的袋子》

©園丁文化

幼兒全語文階梯故事系列
第 4 級（高階篇）

《袋鼠媽媽的袋子》

©園丁文化

幼兒全語文階梯故事系列
第 4 級（高階篇）

《袋鼠媽媽的袋子》

©園丁文化

幼兒全語文階梯故事系列
第 4 級（高階篇）

《袋鼠媽媽的袋子》

©園丁文化

幼兒全語文階梯故事系列
第 4 級（高階篇）

《袋鼠媽媽的袋子》

©園丁文化

幼兒全語文階梯故事系列
第 4 級（高階篇）

《袋鼠媽媽的袋子》

©園丁文化

幼兒全語文階梯故事系列
第 4 級（高階篇）

《袋鼠媽媽的袋子》

©園丁文化

幼兒全語文階梯故事系列
第 4 級（高階篇）

《袋鼠媽媽的袋子》

©園丁文化

幼兒全語文階梯故事系列
第 4 級（高階篇）

《袋鼠媽媽的袋子》

©園丁文化